KB007355

전송자시집

첫 사랑이 식기 전에

전송자 시집

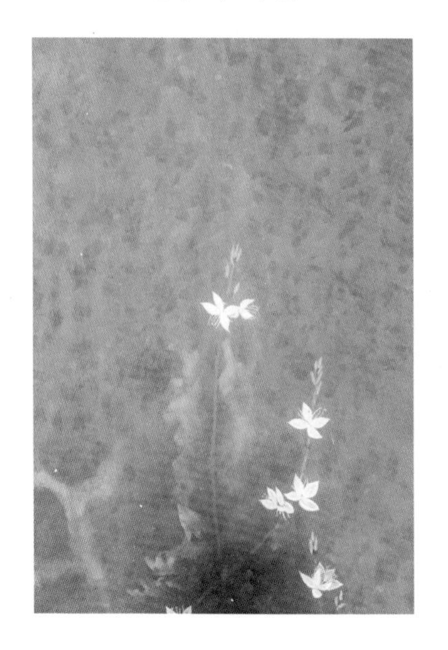

차 례

1장 나를 위한 기도

2장 길 위에서

3장 바람을

4장 만나다

시인의 말

정제되지 않은 감정을 무조건 쓰기 시작했다.

무언가를 쓰려고 한건 아니었고, 할 수 있는 것이 쓰는 것 밖에 없었다. 그렇게 10년이 지났다. 이만큼 와서 보니 쓰는 행위는 살고자 하는 몸부림이었다는 것을 알았다. 결백을 증명하기 위한 행위의 다른 방법의 자해였던 것이다. 무의식이 찾아낸 삶의 방식.

이젠 의식의 통로 안으로 무의식을 하나씩, 하나씩 끌어안아 봄바람에 흔들리는 버들잎처럼 바람을 마주해도 좋을 내가 되었다. 그러더라도 부끄러워 내어 놓기 망설였다. 나만의 몸부림이었던 것을 내어 놓기가 민망해 차일피일 미룬 것이 1년이다.

하지만, 지난 10년을 정리하고 오늘로부터 시작하는 내일을 위하여 내 마음이 머물렀던 순간순간을 한 권의 시집으로 묶어 세상 속으로 내어 놓는다.

조금은 거칠고 눈에 거슬리는 표현이 있더라도 고치지 않았다. 그저 내 마음이 머문 소중한 순간 순간이었으므로…

2015년 12월

전 송 자

전송자 사진

1장

나를 위한 기도

서른일곱의 나에게

산다는 것은
낮은 곳만을
높은 곳만을 봐서도
안 되는 것 같아
그렇다고 마냥 머물러 있어도 안 되고

힘이 든다는 것은
성숙하기 위함
애벌레가 나비가 되듯
한 해, 한 해를 넘긴다는 것이
나비가 되기 위한 길목인 것을
잊지 말아야겠어
그렇다고 다 나비가 되는 것은 아니겠지
나방이 될 수도 있음을
잊지 말아야겠지

계단을 올라가면서 하는 생각

'명품 50'을 살기 위해

오늘도 나를 황금처럼 여기고 다뤄야겠어

계단을 내려가면서 하는 생각

남의 시각으로 나를 바라보자

그럼 한 계단 한 계단 디딜 때마다

더 조심스럽게 내딛지

스스로가 사랑하지 않으면

그 누구도 나를 사랑하지 않아

난 나를 너무 사랑해, 소중한 나여

감사해

세상 모든 만물에

소사의 봄

세 번째 맞은 북녘의 겨울
아직도 모르겠어

같은 햇수
보내고 있는 너
한 겨울에 물주면 얼어 죽을까봐
그냥 두었지

길가 벚꽃 눈은
대학 보내달라고 울어서 부은
언니 눈두덩 마냥
두툼해지건만
지난 가을,
못내 떨어지지 못한

손가락 한마디 잎만 달랑이고 있는 소사야
눈이 보이지 않길래
말라 죽은 줄 알았지 뭐야
혹여 하는 마음
마지막이라도 좋아
화분 그득 적셔보았지

아이야,
눈도 없이 잎이 나왔잖아!

이젠 보고싶어 하지 않을 거야

배부른 줄 모른 아낙네가
바가지 꽁보리밥을 게눈 감추듯한 허기를
어린 핏덩이가 어미 젖줄 부둥켜안고
빨아도 빨아도 허기는 달래지지 않는다.

달빛타고 낫질하며
황금빛 보리밭을 달래보던 보릿고개
그 보릿고개 타고 데리러 온다던
엄마는 오지 않고

깨발 메던 고사리손이 콩밭을 메고
그 지심 거둬 엄마보러 간 내 유년이여

이젠 보고싶어 하지 않을 거야 엄마도

상장 받으면 빨리 데리러 올까

꼴등하면 빨리 데리러 올까

곰보얼굴 엄마도 보고싶어

가슴이 아리는데

달동네 한달음에

더위 삭히는

평상 밑의 동생이 누구냐는데

내 설움이여

이젠 보고싶어 하지 않을 거야 그 이쁜 내 동생도

배부른 더부살이

배고픈 내 유년이여

이젠 그 허물 벗겨내고 빠져 나오자꾸나

기저귀 갈아 눕혀 창피한줄 모르는 엄마인데

20년도 더 된 유년에서 빠져 나오자꾸나 이젠…

내 방

방을 만들었다
만들다 보니 집이 되었다
그리고 어느 한 방으로 들어가 잤다
있는 힘을 다해…

오늘 지어진 집은 참 좋다
청소할 필요도 없고,
화장지울 필요도 없고,
내 생각의 타래를 끝없이 풀어 헤칠 수 있어,
또 그 타래가 엉키지도 않고…
같이 똑같이 의식할 필요가 없어,
참 좋다

고백 1

소파에 앉아 잠이 와서 내려앉은 눈꺼풀인지 자신도 모르게 내려앉아 있는 눈꺼풀인지 알 수는 없었다. 단지 내가 알 수 있었던 건 네 살난 손주가 과자봉지를 들고 오락가락하고 있는데 잽싸게 정말로 잽싸게 한쪽밖에 쓸 수 없는 손으로 낚아챘다. 그리고 사태는 그런 할무니는 과자를 입에 넣어 버리고, 손주는 억울해서 뒷발을 비비며 울고 있는 상황은 나를 미치게 했다. "엄마 엄마는 과자 같은 것, 빵 같은 것 싫어했잖아"했더니만 할무니는 "내가 실어했냐? 느그들 묵으라고 그랬제." 아! 정말로 답답했다. 엄마는 막노동을 하시면서 우리 네 남매를 키웠다. 그 노동현장에서는 참*으로 빵 또는 라면이 나오곤 했는데, 늘 저녁이면 엄마의 도시락 가방에서 우리를 즐겁게 해주곤 했다. 그땐 보름달 빵이 무척이나 컸는데, 그 보름달 빵은 엄마 마음이었을까, 지금의 보름달 빵은 아주 조그맣다. 엄마를 생각하는 나의 마음처럼… 자원봉사자와 함께 찍은 엄마의 사진 속에서 엄마는 아직도 부끄러운 게 있나보다. 낙엽 한 잎으로 입을 가리고 있는 것이.

* 참 : 간식

율곡문화제

가을 햇살이
백수를 다섯 번도 더 넘게 자운서원을 지키고 있는
느티나뭇잎 사이를 비춘다
눈을 감는다
번개가 되어 눈, 목, 손에 머문다

저만치 노랗게 익은 벼이삭들 사이사이로
암컷메뚜기가 수컷을 업고 있다

그림 그리는 손놀림이 빨라진다
뭉게구름도 있고
뻥 뚫린 도로 옆에는 코스모스가 피어 있다
황금들녘 논두렁 사이로
고만고만한 아이들과
메뚜기들이 도화지 위에서 뛰놀고 있다

쉼 없이 울어대는 축제장 확성기 소리

지나가는 행인의 발목을 잡는다

나를 잡는다

화장실에 웅크리고 앉았다

진통이 시작되면

간호사가 똥 누듯이 아랫도리에 힘을 주라고 했든가!

진통은 계속되는데

詩는 나오지 않는다.

봄에 어머니를

가지가지마다 잎눈이 봄을 재촉하고
탄생이라는 계절에
오랜 시간 때로는 힘들게
때론 쉬운 듯 넘어왔을 내 어머니

제 때에 갈아치우지 못한
기저귀에 밑은 허물어
쓰라릴 것인만
세상만사 귀찮다
벽을 친구하고 돌아누워
싫다 좋다 한마디 없이
석회벽에 손가락 그림 그리고 있다

아프다고 말해보소
그 아픔 다 알지는 못하지만
가시는 걸음 속이라도 편하게
토하고 가소

봄날에 어머니가 보고싶다
아프다고 말해보소

양수리

남한강과 북한강이 만나는
두물머리,
양수리

기억에도 없는
무의식에 이끌려
갔을 법한 곳
내 태어난 곳도
양수리라

의식의 저편에서 꿈틀거리다
발길만이라도 이끌게 하고픈 게다
청정한 하늘에
구름산 드리우고
강물따라 흘러흘러
내 어머니의 젖줄과 닿는다

땅의 젖줄은
유유히 흐르는데
내 어머니는
추억으로만 남아있네

진도아리랑

엄마

나 오줌 누고

아무리 늑장을 부려도

머리 위 보따리는 마냥 작아져 갔다

엄마

나 배고파

코 닦은 손으로 침 훔치며

디미는 주먹밥

빈대떡 냄새나는 오월시 장터를 지났다

산도 저수지도 지나서

뱀꼬리는 보이지도 않는데 걸었다

하얀 밤 달빛 맞고

울보 치호 업고

보리밥을 배부르게 먹었다

십오일 오월시 장이 섰다
점만한 보따리가 커졌다 작아졌다
나를 두고 가면 십리도 못간다 하였거늘
날 데려가 주실래요 엄마

아리아리랑
왼손 가슴팍에 붙이고
오른손 허벅지 내치진다
쓰리쓰리랑

비뚤어진 입술 사이로 새는 장단이여
내 딸 알아 듣게 노래해 보세
칭얼대는 녀석 아리아리랑
보리밥에 배불러서 아리랑아라리요

새벽녘 뒷모습

비상소집일
눈꺼풀이 이리도 무거울까

된장 풀고 두부 깍둑 썰어
뚝배기 올려놓고
다진 풋고추에 오징어젓 무쳐
한 상 차렸다
네 다리 엉켜 잠든 아이들 뒤로 한다

안개 자욱하니
미등 켜고 새벽녘 헤친다
FM 93.1
피아노 소리 은은한데
건반에 매달려 있는 현
명치 끝에 닿는다

매일 한날 같이

새벽녘 아침마냥

연탄불에 밥솥 올려놓고

콩나물국에 대파 송송

"송자야 일어나라, 밥솥 올려놨다"

작업복 가방 둘러메고

절뚝이는 발걸음

초연히 안개를 거두고

사라지는 뒷모습

비상소집일

하루 이리도 길까

동전

스물일곱살 동그라미
길가에 누워 있다.

엄마의 수틀에 빨간공단이 걸쳐져 있다
그림이 그려지기 시작하면
수틀 가장자리에 동전들이 자리를 차지한다

학이 만들어지고, 낙조가 드리워져 일원짜리 하나
울긋불긋 꽃들도 피었구나! 오원짜리 둘
산은 꼭대기부터 살이 붙었네 십원짜리 셋
십원짜리 하나 더
하품 하나에 동전하나 더
수틀 사이 동전들이 빠져 나오던 날
우리 네 남매는 돼지고기를 먹었다

밤새 수틀을 붙잡고
큰딸 책
비어있는 쌀통
막내딸 뻥튀기를 되새기다
깊은 밤 비어 있는 이부자리 밑에 손 넣어보고

다시 그림을 그리신다
내가 중학생이 되던 날
엄마는 그리기를 그만 두셨다

해질녘이면
한손에 보름달 빵을
한손엔 작업복 가방을 들었다
시멘트냄새와 막걸리냄새가 어우러져
엄마냄새가 되버렸지

스물일곱살 동그라미가 길가에 주저앉아 있다.
간절히 데려가주
내려앉은 눈꺼풀속 까만 동심
웅크려 있는 울 엄마
앉아 무얼하수!
동그란 콩 주서 먹기 하고 있네
왼손을 가슴팍에 붙이고서
지팡이는 데려갈까 망보고 있네

단풍잎

금촌공원 벤치에 앉아
지나가는 사람 바라본다
팽그르르 단풍잎 떨어진다
자원봉사자를 사이에 두고
두 노인네가 환하게 웃는다
스웨터에 목도리 동여매어 바람을 막는다

스마일
단풍잎 하나로 입가 가리고
눈가 퍼진 미소는 가리지 못한 채
사진 찍는 여러움이어라

휠체어에 단풍잎이 떨어진다
달라붙은 왼손에
웃는 입가 사이로 흐르는 침
어찌 할 수 없어도
저 울긋불긋한 단풍잎 하나면 족하겠다

민들레

학교 가는 길 돌담사이

노오란 민들레

방긋 웃고 있었네

귀가길

발뒤꿈치 근질거려 돌아보니

하얀민들레 홀씨 한들거리고 있었네

하얀민들레 꺽어

후울 불었네

엄마가 보고 싶어서

기도 1

키보드로 문을 만들고
마우스를 문질러 놓은 그 길로
나도 들어가고 싶다
네가 잡힐 것만 같아서
나도 그 곳으로 들어가 보고 싶다
문을 닫을 때에는
빛이라도 통 할 틈이라도 좋다
함께 만들어라
네가 나올 수 있는
내가 연기라도 되어 들어 가 볼 수 있는

작은 콧구멍으로 들어간 바람이

해칠까

보이지도 않는 먼지가 목구멍을

간지럽힐까

자는 것까지도 어루만지는 기쁨이었고

걸음마에서

희망을 보았던 시절

그저 감사한다

지금이

슬픈 것은

해줄 수 있는 것이

기도밖에 없다

그리워하는 것밖에 없다

그리고

기다리는 것밖에

없다

기도 2

규칙적인 알람이 나를 깨운다 중학생이 된 아이를 위해 무언가를 할 수 있도록 시각을 알려준다 밖은 달빛만이 아니더라도 네온사인과 새벽까지 귀가하지 않은 주정꾼의 소리에 24시간 열려 있다 아침을 맞이하기 위해 시원한 바람이 들어오도록 베란다의 문을 연다 세면대 거울 속에서 내가 웃고 있다 교복을 다린다 순식간에 올라오는 열기가 아침을 재촉한다 속옷감을 먼저 다려보고 손바닥으로 쓰다듬는다 칼라의 깃이 빳빳하도록 몇 번을 뒤집어 본다 소매 단에 칼날이 지도록 힘주어 깊이 다린다 아이 유년의 기억 저편에 점 하나를 찍어 나를 표시한다 할머니는 네 남매의 목에 거미줄 쳐지지 않도록 깍두기 반찬 도시락에 작업복 가방을 들고 새벽길을 나섰었다. "일어나라, 아침이다!"

기도 3

계란을 있는대로 양푼에 깨본다 학교급식으로 아이들 도시락 싸는 일이 없다 도시락을 떠올리면 내 기억 저편에서 노란 양은 도시락이 나를 웃게 만든다 바닥에 밥 한 주걱 깔고 계란 후라이를 넣고 그 위에 밥을 덮었다 옛날에는 계란이 귀한 때라 계란 후라이만으로도 훌륭한 도시락 반찬이었지만, 왠지 정성이 부족한 듯 싶다 당근과 풋고추 그리고 양파, 마늘을 다져 넣어 예쁘게 계란말이를 준비한다 굵은 멸치는 반으로 쪼개 똥을 빼내고 끓인 간장소소에 볶아낸다 싸준 도시락을 아무 말 없이 가지고 가서 먹을 때는 맛있게 먹겠다고 전화하는 아이의 마음이 고맙다 도시락 추억으로 남을 수 있을까? 훌쩍 커버린 아이들에게 내 자리가 작아진다 나 오늘 아침에도 아이 책갈피에 반찬국물 들길 바라면서 학원 도시락을 싼다.

기도 4

자식을 키우며
매 순간
기도하지 않은 어미가 어디 있으랴

어여삐 바라보는 눈길속에도
어루만지는 손길속에도
따가운 회초리 들어 올리며
내리치며.
한결같이 기도하는
마음인 것을

아플 엉덩이에
가슴 찢어지는 것보다
더
큰
기도를
올려 놓는다.

삶은 채우고 비우고

모든 게 한 때라고
열정을 품고
나를 채울 수 있는 것도
허나 채우면 반드시 비워지는 것
삶은 채우고,
비우고의 반복인 것 같더라고
가장 많이 채울 수 있음도
분명 한 때라고
채울 수 있을 때가
기회이며
채워져야만
비울 수도 있더라고
무엇이든 가져야만
줄 수 있듯이
지금
님이
무언가를 채우고자
하거들랑 가득
가득 채우소서
넘치도록 채우소서

너희들의 우리들은

어떻게 해야 할지 모르겠어

알고 있니?

너희들을 외계인*이라고 하는 것을

참 웃기지?

알아달라고 하는 것도 아니고

그냥 그냥

거기 서 있을 뿐인데 말이야

누구더러 외계인이라고 하는지…

그런데 이것도 알고 있니?

진실로 너희들을 마음에 품고 있는 우리들을.

새벽 추운공기 젖히며

너희의 이름 하나 하나 부르는 소리

들릴 거라는 믿음 하나로

가슴 저어 밑에서부터

용솟음치는 외침

너희의 온전한 영혼을 흔들어 깨우는

우리들의 외침

나도 몰라

볼 수 없으니

만질 수 없으니

그렇지만 너희 이름 부를 때의 떨리움은

소리 없는 눈물 한 방울

나도 너희들이 거기에 서 있는 것처럼

그냥 여기에 서서

너희들의 친구이고 싶어

* 외계인 : 사춘기 청소년을 일컫는 시대언어

지팡이 1

산에 오른다

가을자락
청솔모 움직임이 부산하다
낙엽 아래에서 흙내음이 올라온다

아들아!
네가 짚고 있는 그 지팡이는
이 엄마란다
산봉우리 지나 가파른 고갯길
힘이 들거들랑
쓰러지지만 않도록 지탱하거라

네가 홀로 서거들랑
이 산 잔가지 속에 놓아두렴
훗날 네 어깨가 처지거들랑
찾아오렴

나무 그늘이 되어
맑은 공기가 되어
하얀 구름이 되어
네 볼을 어루만지고 싶구나

지팡이 2

이창섭(금릉중 2)

내가 언제든지

잡을 수 있는 지팡이

내가 쓰러지지 않도록

지탱해주는 지팡이

그 지팡이는

내가 올바른 길을

걷게 도와주네

학령산 가파른 고갯길

일백오개의 약수터 나무계단

올라갈 때 내려갈 때

함께하네

PC방으로 갈까 학원으로 갈까

고민할 때도

어디로 가야할지 도와주네

나의 시작점

언제까지나

내 옆에 남아 지켜줄

언제든지

잡아도 될 지팡이

지팡이는 나의 그림자

분갈이

무게를 재어보자
서 있는 자리는 몇 평을 차지하려나

시계바늘처럼 눈을 뜨고
출근을 하고
시멘트 닭장 속
두 발로 걸어 다닐 수 있다
그런다고 가고 싶은 곳
다 갈 수가 있을까마는

한자리에 뿌리내려

지키는 것이

운명인 것을 안다만

네게 맞는

집을 마련해 보았다

뿌리에 붙은 포트 흙 털어내고

뿌리 살짝 건드려 본다

푸른빛에도

햇빛은 좋아하지 않을 것 같은

신고디움아

얇은 잎만큼 뿌리도 풍성하지 않구나

마사토 모시옷 사이에

너의 자리를 만들었다

건강한 뿌리 내려

얽히고 설켜

한 세상 살아 보자꾸나

비

비가 오고나면

계절이 달라지겠지

꽃이 피었고

푸르른 녹음 속에서

매미가 울어대다가

목이 메이면

개구리가 대신 울어 주겠지

시커먼 하늘에는

별들이 반짝이고

그 중 하나는

너 이겠지

비 사이의 그리움이

빗물이 되어

너의 하늘에도

흩뿌리겠지

비가 되어

너의 하늘에 흩뿌리겠지

비가 되어

전송자 作, 장지에 채색화, 15×15㎝, 2014

2장

길 위에서

저 너머

파평면사무소 정면에
바라보는
산허리가 나를 반기면
그 위
하얀 하늘이
얼마나 푸근했던지
눈물이 흘러 내렸지

처음 보는
임진강변 철조망 너머
북한이라는데
이리 가까운데도
평생을 그리워하는 마음
비길 수 있으랴

처음 듣는

대포 소리가

슬픈 것은

뒷동산

어느 집의 뫼둥인지

요소 비니루 속에

짚 쑤셔 넣고

뫼둥 꼭대기에서 썰매를 타면

산 밑에 사는

욕쟁이 할아범네

담벼락이 와르르

고향 뒤로 하고

떠나 온지 몇 해인가

갈 수 있는데도

애태워하는 마음

몽실몽실 산수유 꽃 이어라

추석

뭐시 있다고 달리는 차보다도
마음은 먼저 달려가 자리를 잡고
둥근 보름달 속에서
얼릉 오라고 하는 손짓

고향!
살랑이는 바람이
귀밑에 대고 갯벌내음 전해주면
바람 손잡고 달려간다.

봄에는 냉이 캐러 문산 사격장 아래
산밭을 헤매이고
여름에는 임진강변 바람쐬다
감악산 개울에 발 담그고
가을에는 산밤 따러
장곡리 산을 뒤집다가
청솔모랑 눈이 마주치면
내가 먼저 놀라고
겨울에는 바람 한 점 없어도
살을 에는 칼바람이 있는 이곳

파주. 파주에

마음을 풀어 놓아

이젠

이곳 파주가 고향이 되었지

그래도

기억속의 갯벌내음이

바람이 되어

마음을 들썩이면

그 지긋지긋한 섬은

임진각에 서서

저기, 저기 북쪽을

바라보는 노인네가 된다

바다

바다!
섬의 그리움이 녹아 바다가 되었다

먼 곳으로 가버린 님
도시의 기찻길
간혹 미니스커트 입고 지나가는 처자,
어디든지 만난 것 사 묵을 수 있는
도심으로 가고 잡아 안달하는
젊은이의 길을 가로 막고 있는 장막이다

향심

실향인의 웅덩이에 서서
망향인이 되어 버린 나…

실향인은 임진강을 두고
고향을 향해
마음을 달리는데

나는 저 아래 남쪽 끝으로
마음을 달리지만
떨어지지 않은
발꿈치는
아직도
아직도
기다림의 연속

임자도(荏子島)야

살랑살랑 바람 가르고

온 기축년* 봄날

저 너머 갯벌 내음

아스라이 삼킨 추억을 내 뱉고 있다

기다림에 지친 사당역 관광버스

"아따 행님 오랜만이요

워째 더 젊어진다요 잉"

"징허게들 안오네, 싸게싸게 오제"

 마음은 이미 임자도라

* 기축년 : 2009년

가는 길 한나절

돌아오는 길 한나절

서너 시간의 불갑산 산행 속에

침묵은

어린시절 소 띠끼던 동무 불러내

큰 바위에 걸터앉아 땀을 식히고

돌도 굴러갔던 자리

내 손때가 묻지 않은 곳이 없겠건만

지금은

울창한 숲이 되어 기억이 가물하구나

임자도야, 임자도야

너

거기에 있어

나

여기 서울에서

오늘도 아침을 맞는다.

함께

담장 없는 예쁜집 지어
푸른잔디 위에서 맨발로 뛰놀고 싶다
노는 것도 혼자서는 재미없으리
누구라도 좋으니 함께 뛰놀고 싶다

천장 없는 예쁜집 지어
푸른잔디 위에서 누워 하늘을 보고싶다
하늘품이 너무 커서 혼자서는 서글프리
누구라도 좋으니 함께 누워있고 싶다

나 모두와 같이 함께

아름다운 대상이고 싶듯

누구도 모두와 같이 함께

아름다운 대상이고 싶겠지

쌓아진 담 스스로가 아니면

그 누구도 허물 수 없는 법

하물며 스스로 담을 쌓는다면

그렇잖아도 좁은 세상

고치 속에서 나오는 것은

예쁜 나비일 수도

불빛만 보면 달려드는

나방일 수도 있음을 잊지 말자

죽서루

죽서루 처마 밑에 올라

오십천 위에

얼굴을 비추니

지나가던 구름 동무 하자 하네

죽서루 처마 밑에

나를 가두고

한 세상을 보낼 듯 하다

켜켜이 누른 세월은

바위 위에 앉았다

나 여기에 두고 가니

언제고 찾아 올까마

길

인적 드문 산길이라
가다 길이 사라졌다
아니
산수 좋아 구경할새
길을 잘못 들어섰다
길이 없다고 가지 못함은 아니거늘
잠시 숨 돌리고
왔던 길 돌아보니
고개 고개 깔닥고개
쉬어 갔던 길도 있고
쉬이 갈 수 있어
한 없이 앞만 보고 왔던 길도 있었구나
좋은 길이라 함께 하였던 이들
저만치서 사라지고
예 와서 보니
새 동무와 함께 하고 있다
길이 없으면
발자국 깊이 새겨 새 길을 만들자
함께 걸어 좋을 새 길을 만들자

마음이 가는 걸 어떡하우

신호가 많이 걸리고
정체가 심해서
가는 길이 멀지라도
마음이 가는 걸 어떡하우

헐떡이며
들어서는 문 앞에서
숨 한번 고르는 시간이
길게 느껴지는 것
그리움이 발뒤꿈치에 매달려
따라오는 걸 어떡하우

가을비 내린날
길바닥에 떨어진 낙엽
아무리 빗질을 해도
길바닥 딱 달라 붙어
떨어지지 않은 낙엽처럼
마음이 마음따라 가는 걸 어떡하우

첫 사랑이 식기 전에

돌아서는 뒷모습이

쓸쓸하지 않도록

자꾸 떠올려 봅니다

떨어지지 않은

낙엽마냥

님의 모습에서

나의 향기를 찾아 봅니다

첫눈이 온다는 오늘 아침이

첫사랑이 식기 전이길 간절히 바라며

지금 나를 생각해 주라고

함께 하고픈 마음은 간절한데

그리 못하는 것이

애너벨리의 사연마냥

우리의 사랑을 시기하는

신의 장난이라면

그것까지라도

다 감싸겠습니다.

그리고는 또 기다리겠습니다

시계

버스시간 놓칠라

시계속 바늘은 쉬지 않고 간다

바늘을 잡든

버스를 잡든

아버지는 오직 하나

매일 출근길에

버스도 놓치지 않고

딸과 가는 곳까지만이라도

함께하고 싶다

아빠 저의 시계는 아직인걸요
무슨 옷을 입어야 할지
무슨 신발을 신어야 할지
아직 결정도 못했어요
아빠의 시계 초침 위에
저를 올려 놓지 마세요
저의 시계는 아직 준비전인걸요
신호도 대기해야 하구요

나는 오늘도 출근길
앞서가는 부녀의 네 발 뒤꿈치를
훔쳐보는 스토커가 되었다

내일이 초복이라

초복을 하루 앞두고

육류중 닭이 특히 좋다구만

닭 한 마리에

찹쌀 한주먹, 감자고구마 한 알씩

대추는 씨를 빼고, 은행과 다섯 알

이 모두를 닭 배 속에 넣고

두 다리를 명주 실로 묶어

압력밥솥에서 푹푹 고아

고기는 먹기 좋게 찢어 놓고

퍽퍽한 가슴살 실날같이 만들어

백숙에 풀어

한소끔 끓여 내면

감자, 고구마 들어간 닭죽이 일품이라

상추, 깻잎은 흐르는 물에

깨끗이 씻어 준비하여 놓았다가

상추 한 장에 깻잎 한 장 포개어

닭살을 올리고 마늘 고추에 쌈장을 올려

'아~~~~ 한 입'

토요일 이렇게 오붓허니

초복을 보내면

시원한 여름나지 않겠오

콩나물 북어 해장국

콩나물 한 주먹에

북어포 넣고

폭 고다가

쪽파에 마늘 넣고

어여쁜 그릇에 담아 드립니다.

지난 밤 숙취 해소 하시라고

행복한 밤들 되셨나요?

막내둥이 아무개가

이른 아침 출근하여

사무실 들어오면

'행복'하다는 말 듣고

가슴이 얼마나 설레는지

만난 고기 굽느라고 고생하신 분덜

먹지 못하는 술 한 모금에

목덜미까지 빨갛게 된 아무개

간만에 먹은 술로

밤새 변기통과 씨름해야 했던

지난밤은 그렇게

행복의 도가니 속에서 지났습니다.

또 새로운 시작의 아침

이 아침에도 모든 님들 행복하세요

68 친구야 보고싶다

들었나?

이른 새벽 여명을 알리는 닭울음 소리

교하 오도리에서 들린다네

보았나?

고요한 새벽을 뚫고 곧게 뻗은 불빛을

교하 연다산리에서 출발하는 첫차 라이터라네

그리고 또, 들었나?

우리 68 친구들이 만난다는군

오늘을 시작하는

떨리는 흥분의 이유를 이제야 알았네

나는 기다려지네만

자네들은 어떤가?

다들 기다려질거라 생각하네

다만 사정들이 있다보면

부득이하게 못 볼 수는 있겠지만

그래도 간만에 갖는 시간이니

꼭 참석할 수 있도록 하세

얼마나 좋은가

아무 조건 없이 노랫말처럼

웃을 때 이빨에 고춧가루가 묻어 있어도 웃어줄 우리

얼굴 가장자리에 희끗희끗 보이는 하얀 것이

서러울 때 함 보고 웃으며

보는 것만으로도 기뻐해 보세나

기다리고 있겠네

여보게 거기 있는가

여보게 거기 있는가

가을이 왔단 말이시

국화향 그윽할 가을이단 말이시

너무 바빠서

채 가을을 느끼지도 못하고

보낼까 바빠진 가을이단 말이시

그래 김장배추는 심었는가?

지난주에는 배추모종에 무씨 심었다네

저어 멀리 언니들과 함께 만든 주말농장에다 말이시

퇴비와 함께 코끝을 간들거리는

흙냄새가 너무 좋아

자네들을 생각했다네

어린시절

고무신 뒷굽 뒤집어 슬리퍼 만들어 신고

물장구 치고 여름 보내면

어느새 들녘은 황금색으로 변하고

뛰놀다 배고프면

개구리 뒷다리에 감자 구워먹던 날

그러다 어느 날엔가 영헌이가 뒤안에서

알 품고 있는 씨암닭 훔쳐다가

털을 뽑지 않았나

아마도 다음날 있을 쪽지시험

답 살짝 보여주라는 뇌물이었을 것이네

아부지한테 되지게 맞았어도

쪽지시험 백점이 더 좋았던 것 같네

그치 않은가?

여보게 아직 있는가?

자네들과 같이 이 가을

나이 한 살 더 먹기 전에

또 다른 이야기를 만들어야 하지 않겠나?

여보게, 여보게

있음 대답이라도 하고

붉은 가을이

나 바빴어

내가 하는 일은 엄청 중요하거든

그만한 일은 아무것도 아니야

세상 살다보면

이런일도 저런일도 있어

그런데 말이야

그것 알아?

그 사이

가수로에 붉은 가을이가

삼삼오오

걸려있더라

뭉게구름도 내려와 있었구

네가 보내준 것인가 싶더라구

내가 바쁘다고

친구

바람에 날리는 벚꽃 잎으로
흰 쌀밥 한 사발 만들고
들기름 살짝 두른
간장종지에
배부른 너와 나의 시간
눈꽃 날리던 날

벚나무 아래
돗자리 깔고
이빨 빠져도
이쁜 네 얼굴
팝콘 속에 묻혀
김밥 맛있게 먹던 날

시편예찬

더운 여름날 고추밭에서
붉은 고추 따다가 고개들어
높디 높은 하늘 보고
목덜미 휘감는 바람에
감사하게 하소서

휘황 찬란한 네온사인의 세상 속에서도
오직 한 분만을
생각하고 함께하고 있음을
잠시라도 잊지 않게 하소서

까만 어둠이 토해내는
새벽 가르며
당신의 크디 큰 사랑
보이지 않은 믿음으로
노래하게 하소서

무진교에서

계구멍에서 나온 게가

한여름 햇빛에

거품을 토해낸다

안개를 토해낸다.

그의 심장소리 밖에

들리지 않는다

뜨거운 입김이

귓불을 스칠 때.

눈을 감는다

스치는 바람에

치맛자락 팔락이고

안개가 걷힌다.

홀로 무진교에 기대어

거품마른 게와

눈이 마주친다.

눈을 감는다

봄의 축복

베란다 소사의 눈곱 헤집고
디밀어 내는 흰살
눈곱 속의 푸르름
세상에서 푸르른 것
아닌 것이 없네

봄날 틔울움 품은 채
기인겨울 보냈나니
눈곱 밀어내고 빼죽 내민
검푸른 빛인가
은빛 흰살인가
영원살이의 시작이네

나

당신의 손잡고

절벽에서라도

두 눈 감고 발을 떼나니

영원살이의 시작이네

우리

당신의 날개 아래에서

두 눈 감고 마주하니

영원살이의 시작이네

선생님 전상서

그간 안녕 하신지요

가슴 속에서
고물고물 오르는 추억
뵙고 싶은 마음
오늘 뿐이려나

학년별 계주에서 다른 반 아이 제치고 일등으로 들어 왔다고 목마 태워 운동장을 한 바퀴나 도셨지요

꽁보리밥에 쉰 깍두기 반찬을 보시고 가끔씩 노란 도시락 속의 계란 후라이를 슬그머니 수저 위에 올려주셨지요

아! 크리스마스 캐롤 연극에서 저에게 스쿠루지역을 주셨지요,

그 때 선생님께서 연극을 해도 잘 할 것이라고 말씀하셨는데…

그리고 또

그리고 또

세상이라는 바다에서 꿈을 가지라고 하셨지요

기억 저편 새까맣던 소녀

지금은

새까만 개구쟁이

앞세우고 학교 가네

목쉰 선생님 뒤로 하고

개구쟁이가 마냥 이쁜 마음

님의 그림자

따라가기 부끄럽네

길을 냈어요

길이 없어졌군요
아니 처음부터 길은 없었는지 모릅니다.
그간 안부가 궁금하였더니만
보니 잡초가 무성해져서
오실 길을 막고 있었네요
하루 이틀 시간 내어
길을 냈습니다.
허리춤에 닿는 쑥은 베어다
대청마루에 걸어 놓구요
씨 터트린 풀은 베어다
밭 귀퉁에다 더미를 만들었지요

추위가 지난 자리

그 야들야들한 싹들처럼

우리가 처음 한 시간

얼마나 이뻤는지

돌맹이는 밀치고

바위에는 휘어져 하늘 향한 새싹들

시나브로 무성해진 녹음아래

벌써 씨 터트리고 있는

잡초들

없어진 길 만들고자

하는 낫질 속에

흐르는 땀

작은 오솔길로는 숨을 틔우고

이젠 두 사람이 손을 잡고도

다닐 수 있는

너른

길을 냈어요

겨울능소화

시청사거리 횡단보도 건너편
능소화가 옷을 벗었다
앙상한 뼈마디가 영하 5도에서 떨고 있다

신의도 가락리 선착장에서
비릿한 바닷내음 살랑이고
미미장
측백나무 휘감고 올라 선
능소화 아래에서
선착장 공사인부들은 등목을 했었다

애기 젖 먹이러
어지레발 숙모에게 걸어가던 총총 걸음
능소화 홍황색 통잎으로
꼽발 딛고 쫑긋 귀기울이는
모습마저도 차마
쳐다
볼 수 없었다.

꽃은 피고지고

콩당 콩당

뛰었던 가슴

여름 보내고 겨울

또 여름을 맞이하여도 찾아오지 않아

잊어버렸는가 싶더니

시청앞 사거리 공원에서

능소화 꽃잎이 되었다

겨울에게 내어준 몸

왕벚꽃나무 휘감고

다리 꼬고 떨고 있다

꽃은 고드름 호박이 되어

오가는 발자국 소리에

귀 기울이고 있다.

전송자 사진

3장

바람을

비명

들리는가

느즈막 찾아온 봄

이 봄을 알리고자

며칠만에

으스러지게 피어버린 꽃들

꽃잎 떨어지기도 전에

아우성인 무성한 녹음.

그래도

아름답다고 예찬하느냐

비명은 듣지 못하고

잃어버린 계절 속에서

소리 없는 비명

꽃잎 떨어진다

– 세월호 희생자를 그리며 –

꽃잎 떨어진다

비도 내리고,

또 다시 햇살은 비추건만

내민 손바닥 사이로

꽃잎은 빠져버리고

남은자의 오열

영원히 가슴에 새겨야할 터

슬픈 감자꽃

염전 종업원 갈비뼈 사이로
스며드는 소금물은
하얀 감자 꽃이 되었다

저 멀리 보이는
하얀 감자 꽃은
향기 되어 날아가고
뙤약볕 아래에서
감자만 목 메이게 먹는다

나 여기 있어요

곁을 내 놓았네
새가 되어
가지가지 머물다
가만히 간다해도 좋겠네

버드나무 가지
사르르 흔들린다고
타박 마시오
지나가던 바람이
안부만 하는데도
흔들리는 걸 어떡하오
치렁이는 긴 가지줄기
꺾어
가슴을 쓸어 내리는
마음
바람은 아시려나

공기 속 밥풀

지난밤

현관문 들어서는데

그릇을 이기는 것인지

커다란 빨간 고무장갑과

힘겨루기를 하고 있는 꼬막손이 웃는다

콧잔등 거품 못내 웃음을 주고픈데

한손바닥에 잡히는 엉덩이만 어루만져준다

비상용 감기약을 먹었다

이른 잠자리에 쉬쉬하는 아이들

난장판 방바닥은 삽시간에 정리가 되었다

스물스물 게눈 감추듯이 바위 밑으로 숨었다

그렁그렁, 천근만근

오지 않는 잠을 부르는데

목이 마르다 목이 마르다

물 한 컵 먹고잡아

엎어진 그릇을 들었다

미끄덩!

밥풀 한 알이 자리를 비키지 못했나 보다

울렁울렁

공기 속 밥풀이 별이 되어

가슴으로 들어오는 밤이다

나의 남영동

남영동 사건 1985
진도 1980
나의 남영동은 진도다
진돗개가 유명한

진도 아리랑 타고
배고프지 않으려고 간 진도다
울보 치호 업고
12살 나는
전쟁이 났다는 소리를 들었다
꼼짝말고 여기에만 있어야 한다고
마을을 벗어나면 큰일 난다고

조금만 기다리면

엄마가 데리러 온다고

한 약속

1980년 전쟁이 만들어 낸 무수한 소문들

소문이 만들어 낸 어둠

그 어둠 타고

무덤을 만들고 들어갔다

목포에 있는 엄마가 살아 있는지

모를 일이다

빛이 보이지 않고

어둠뿐

32년이 지난 오늘도

나는 그 무덤속에

서 있다

빛이 보이면

나오려고

지금도 서 있다

독서예찬

생각만 해도 기이할 따름이다
오금이 저려오고
몸을 떨게 한다

무료한 시간을 보내는데
소일거리로 해서
무지를 깨우치는 스승이자
과거와 타인과의 소통의 도구요
삶의 기준각을 세우는 도구요
과거의 나를 돌아보고
앞으로 삶의 지표를 결정하게 하는
길라잡이이다

아픈 마음과 몸을 치료해 주는 의사요
세상의 피폐한 생활속의 도피처요
직장에 얽매어 어찌할 수 없는 상황에서
나만의 은둔처요
여행이다

항상 영원히

梨花 만개하여
눈꽃 되어 오시는 봄날
깨끼 손가락 걸고
한 곳을 바라본다

꽃잎은 임진강물 따라
삐죽빼죽 적벽암을 휘돌아
심학산 아래에서
자리를 잡는다

작은 예배당 통로 가운데 끼고
고개 숙인 두 사람
머리 위 가느다란 햇살
나근나근한 봄바람 품에 안긴다

컬러 꽃다발의 구애
향기되어
가슴속에 자리 잡는다

오늘 사랑 영원하소서
영원한 향기 되소서

달의 님

동패리 중앙공원 커브 돌아
휑그러니 바라보는
네가 왜 그리 애처롭던지
홀로 내리는 눈 청승맞을까봐
칼바람 속에서
밤을 지켰나
지친 몸으로 아직도 지키고 있나

삼각산 밑 새벽 어두움 안고
보일 듯 말 듯 하는 님
오메, 울렁거리네
신호등 건너편에
서 있을 님 만나러 가는 마음일세
퇴근길 발뒤꿈치에
매달려 있는
보고 싶은 님일세

오메 울렁거리네

빨간 신호등이

발을 붙들구만

아! 이거였구나

지고 있는 네가 애처롭게

못가고 발버둥 치고 있는 것이

백미러에 비추는 삼각산 꼭대기에 오르는

님 보고 잡아서

콧구멍에 바람 들어오는 날

이것마저도 나다
가끔씩 지나가듯 스쳐갔던 바람
그 맛이 다 인줄 알았다
분명 이상하다고
무언가 다른 것이 있을 거라고
생각하면서도
이것까지도 나다. 라고 했다.

얼굴 깊이보다도 긴 꼬챙이가
눈앞에서 아른 거리다가
연탄불 바람구멍
헤집듯 돌아다니더니
급기야 눈물샘까지 건드렸다
사과 한 입 깨물어
어금니가
어그적 거린가 하더니만
작은 내가 저만치서 지켜보고 있다

세상은 생각하고 있는 것만큼만 있다고
외치고 있다

눈물과 콧물
핏물이 범벅이 되어
앞을 볼 수가 없어도
지금이 지나면 아픔도 사라지는 것

치유는
아픈 시간이 지나가는 것
콧구멍에 바람이 들어오는 날 같은

어머니와 달

보름달이 머리 위에 떠 있다
토실토실 살쪄 있다

신의도 바닷가 노송아
네 그림자만 못 비췄구나
굽은 듯 하다가도 곧아진 네 뒤에서
네 그림자만 못 비췄구나

노송아
시피보았더냐
초승달이 되었을지라도
네 뒤에서
살짝쿵 얼굴 디밀어
나를 불러준 이 찾아 본다

할매와 똥개

오늘은

털갈이 하는 노랑이가

영감이 되어

부쩍 심해진 투정

정갈한 정원에

똥만 싸 데끼는데

오늘은 몇 번을 쌀란고

너라도 말동무 되니 고마웁구나

매실

달 채워 태반을 다졌다가
자석새끼 키워내고
젖가슴은 엑기스 빼낸 매실이여도
짱아지라도 만들어 본다우

영감 먼저 보내 놓고
생전에 듣고 싶었던 말들은 가슴 메이고
환갑 되어가는 자석새끼
애미 마음을 알겠소만
체했다는 아들 입에
매실짱아지 하나 먹여 본다우

냉갈

떠났든가, 보냈든가
그 자리에 들어선 너는 누구냐
아무리 몰아내도 나가지 않고
지키고 있는 너는 누구냐

청솔가지 아궁이 지펴
나오는 냉갈에
눈물이 난다

지나가는 바람에
너를 보내본다만
사라졌다가
눈 깜박이면 눈물이 되어
지키고 있는 너는 누구냐

서리 내려앉은 자리에
아! 내가 밤새도록
청솔가지
태우고 있었구나

소가 되다

아적나절 여물 씹어 배를 채우고

저녁나절 뱃속 가득한 여물 되새김질 하네

큰눈 말똥 말똥

엉덩이 붙은 파리

꼬리가 파리채 되고

귓가 들러붙은 날파리 훠어이

고개 크게 저으니

정신없다

눈물이 난다

하루 종일 쟁기질

큰 눈 잠재우지 못하고

엉덩이 씰룩

뒷발질도 해보다가

쓰윽 혀로 핥아 낸다

꼴 한입 가득 어그적 어그적

머언 발치 응시한다

세상 내 눈에 다 들어오니

어지럽다

빈 여물통 내려다 보며

여물속에 콩대 깻대 섞어 되새김질 하네

향양리에서

개구리가 울고 있다
짝을 찾는단다

멍석깔고 둥그렇게 앉아
찹쌀밥에 쑥쪄 넣어 콩가루를 묻혔다

콩가루 묻힌 주먹인절미
삶은계란
아이스께끼
나보다 더 큰 다라 타고
배부르도록 갯벌을 미끄러다녔다

여기 향양리 이야기 속에
나의 유년이 있다
고향은
덩그런히 가락리 선착장에
머물러 있다

내가 울고 있다
갯벌 향기가 없어서

미역국처럼

울 엄니
미역국은
쌀 뜨물 받아
생태 한 마리
넣고 푹 고은 설렁탕 국물

불린 미역,
미끄덩 귀 달린 미역에
마늘 빻아 하얗게 동동
맑은 간장으로 간을 해 내십니다

꽃피는 춘삼월 십육일
그 미역국을 엄니께 끓여 드려야하는 날
그냥
수화기 저 건너편에
엄니 목소리 넘겨두고
가슴이 멍해집니다

나
엄니허물 벗고 양수타고 미끄덩
세상에 던져진 날이거든요

나를 잊지 마세요

지금이 가장 아름답다는 것을
늦게 깨닫지 않도록 합시다
비록
이 자리에서는 하늘이
보이지 않더라도
하늘은 늘
그 자리에 있다는 것을
결코 잊어서는 안 될 것입니다.

지금이 행복하면
지난 추억이 되었을 때
기쁜 웃음을 줄 것입니다

우리가 웃음이 되었으면 합니다
지금 우리가
웃음이 되길
간절히 소망합니다.

또 다른 만남을 위한 이별

가장 아름다운 지금이라고

후회 없도록 아름답게 보내자고

다짐한 것이 엊그제 같은데

오늘 이렇게 슬픈 이유는

아직도 못한 사랑이 있음이겠지요

짧지 않은 공직 생활중

가장 행복한 기간이었다고

가장 분위기 짱이었다고 말하믄

전에 맺은 인연들이 싫어할까요?

하지만 말하고 싶습니다

길지 않은, 채 일 년도 되지 않은

우리가 함께한 시간이

참 행복했다고

이리 보내기는 넘 아쉽다고

조금은 냉정한 저지만

돌아서면 눈물이 날 것 같아요

설혹

자기 설움에 대한 눈물일지라도…

그나마 시간이 지나면

이 감흥도 잊혀지겠지만

우리 그간의 시간 잊더라도

언제든지

어디서든지

얼굴 보면 함박웃음 보내기로 해요

가끔 비오는 날이든지

기분 꿀꿀한 날이면

서로의 얼굴을 떠올리고 웃어주세요

전송자 作, 장지에 채색화, 20×35㎝, 2014

4장

만나다

그림자

어둠의 한 자식

빛의 나눔

빛이 있어 슬프지 않은 것은

너와 내가 될 수 있음이리니

어둠이 있어 슬프지 않은 것은

우리가 하나가 될 수 있음이리니

鶴

가느다란 두발로
우아하게 서 있는 자태란
거만하리만치 民意를 이룰 수 있으니
鶴이라지

고개 들어 바라본 하늘 속
뭉게구름
길고 가느다란 목구멍
채 지나기도 전에
응어리가 되고 마는
뭉게구름

생의 반
목민에 두었건만
채 得音은 멀고
뒤엉키는 세상
知音을
백로와 까마귀에 비견할소냐

詩 예찬

詩 하나,
사람과 사람 사이의
다리는
詩이다

詩 둘,
감정을 하나 건너는 것은
산 하나를 넘는 것과 같다
산 하나를 넘는 것은
나에게로 한 발짝 다가가는 것과 같고
그렇게 나에게로 가서
비로소
볼 수 있는 나를 만난다
또 다른
세상으로 들어간다

하늘아래 모든 아이가 행복한 세상

같은 하늘아래

까만 눈동자에

세상을 담고

태양으로 질주하자

주는 것이 아니라

나눔으로 함께하는

세상 속으로

우리 함께 질주하자

나눔으로 행복한 세상을 만들자

임진강 갈매기

풀벌레소리 그득해야할 임진강변
아직도 매미소리는 여전하구만
외떨어져 슬픈 것이 아니라
어쩌다 한번이라도
온전히 섞이지 않음이 서글프다
처세에서 수를 놓는다 함은
나를 내려놓는 일
이쯤해서
세상을 무대삼아
방관의 무리에 섞어볼까
동색이 되어볼까
동색이 된다한들
속까지 동색이 될까마
오늘 문득 여기에서
갈매기가 되고 싶다

아카시아 향이 있던 5월 어느 날

기계와 밤샘하고
구로 5공단 나서는 길
화아안 박하향처럼 나를 반겨주던
새벽녘의 아카시아 향기
밤새도록 나를 기다렸나,
콸콸 흘러내리는 빗물에 씻긴
아카시아 향이
고개를 치켜들게 하고
노곤한 육신을 거머쥐고 걷다가
살아 있음만으로 감사한 날

5월 어느 날
코끝에 매달린 아카시아 향이
세상에 던져진 나의 양수 되던 날.

가을 소나무

바람에 우수수 떨어지는 솔잎
노오란 솔잎들
손가락 사이로 빠져나가는
담배냉갈
변치 않는 충절을 노래할 때면
언제고 으스대었지
갈이 오고, 또 결이 지나도
그리고 봄, 여름이.
숨막히는 여름 지나
흔들림 없는 작은 바람에도
우수수 떨어지는 솔잎들
이녇*을 버티다
그 바람의 인연을 홀연히 놓는다

나 늘 푸르르다고 노래하지 말아라

보이는 것만이 다가 아님을

나는 알고 있다

그리고 대자연은 알겠지

다만, 자화상을 만들고 싶은 이들만이

그들만의 노래 속에서만 늘 푸르름이러니

* 소나무 : 이년생 침엽수

한줄기 빛

한 줄기 빛이 날아와
그냥
가슴 한 복판에
박혔다

불혹,
세상이 너무 커
하염없이 작아지는
존재

찰라
알고 있는 것만의 시간에
머무름이요
존재하는 것

가슴에 박힌 빛이
일깨우는 상념
불혹에 이립이, 이순이 공존할 수 있음을
고희에 약관이, 불혹이 공존할 수도 있음을
생각하기 나름이요
실천일 뿐

풍경

나 풍경이면 좋겠네
큰 바람이든
작은 바람이든
소소한 것들에 미소지으며
반길 수 있는
풍경

나 풍경이면 좋겠네
그 자리에 그렇게 있어도
항상 변함없는 울림으로
때론 스치듯이
때론 온몸이 으스러지도록
바람님을 반기는
풍경

나 풍경이면 좋겠네
먼데서 오시는 님
미리 소식 전하는
풍경

초리꼴 향기

향기좋다.

옥잠화에 코 대어보라니

지난해 한쪽 코 수술하고

못다한 한쪽 코가

흔들거리는 바람이 데려다 주는

향기는 맡겠오만

깻잎 향기 옴팡지게

흐들거리는 가을 저녁

향기에 쉼취해 버린

온몸에서는

옥잠화 향기만 맡을 수 없음이라

이 심정 바람은 이해할라나

이 사정 누가 알리오

옥잠화 향기만 두둔하니

내 향기만도 못하다 하였네

말을 잃어도 좋겠네

잠시 한 눈 팔았나?

지나가 버린 봄이 아쉬워

순간에 몸부림치는

창문너머 라일락, 진달래, 제비꽃

뒤섞인 차례 속에서

말없이 질서를 찾아가는 자연의 이치.

그 일부분이면서

말 많고, 탈 많은 것은 사람뿐

한 자리만 지키고 있는 화초들 속에서

말을 잃어도 좋겠네

산다는 것은

슬프지도 화려하지도 않음을 알았을 때

세상에 미련이 없어서가 아니라

죽음도 삶의 일부분일 뿐

매일을 마지막처럼

마지막 날도 오늘처럼.

나이를 먹는다는 거

갑자기 문자에 오타가 많아졌다
폰을 받으려면 멀리서 초점을 맞춰야 한다
쓰고 있던 안경은 벗어야 잘 보이고
같은 말을 해도 다르게 받아들여진다
막내 이름을 불러야 할 때
아이들의 이름을 다 불러야 된다
들은 이야기도 또 물어본다
음식을 먹다보면 들어가는 것보다 흘리는 게 많아지고
입에 가져가는 숟가락과 젓가락의 거리를
가늠할 수 없어 가끔은 치아를 내리치기도 한다
화장을 할 때면 눈썹의 모양이 다른 걸
안경을 써야 알겠고
혼자서 중얼거려지는 것이 많아진다
이야기 하다가 자신도 모르게
삐삐소리가 들리는데 처음엔 당황했다가도
익숙해진 음향소리로 인식된다

그러하더라도
흔들림이 더디는 자유함으로 들어가는
길목이기도 하거니와
벌거벗은 나무 뒤에 숨어 있는

물오름이 보일 때면
그 어떤 젊음보다도
뜨겁게 인생을 예찬할 수 있고…

어느분이 그러던데
"느그들 늙어봤냐? 난 젊어봤다"라고
어쩌면 젊음이 부러워서 역설이지 싶기도 하지만…

60년대 나의 어머니는 겨울채비로
미화차(그땐 똥차라 했다)로
푸세식 화장실을 펐고
땅에 묻은 장독은 물론
장독마다 물을 가득 채워 놓았고
창고에는 연탄과 쌀독에는 쌀을…
그리고 집안의 연중행사 중 가장 큰 김장까지…

지천명이 지천명까지는 멀더라도
김장까지 해놓은 겨울채비를 하듯
지금 우리도 그런 준비를 차곡차곡하였는지
한번 뒤 돌아 볼일이다.

순둥이 윤여사

어머님의 삶은 여자의 일생이었습니다.

살아온 시간 중 가장 행복했던 순간이

크는 자식 보았던 9년 세월이랍니다

젊어서는 홀로 사남매 키워 내느라 고생을

자식들 장성하여 조금 살만하니

중풍으로 쓰러지셔서

손발 묶인 세월이 16년

바쁘다는 핑계로 자주 찾아뵙지 못하는

자식마음 헤아려

단 한 번도 섭섭하다 하신 적 없으셨지요

순둥이 윤여사는 가시는 날까지

자식의 마음을 헤아렸나 봅니다.

풍성한 가을에, 좋은 날씨에

가시는 걸음이 얼마나 가뿐하던지

그간 묶인 자유 만끽 하시라고

아버지 산소 바라보이는 바닷가에 뿌려드리는

우리 마음까지 헤아렸나 봅니다.

다 보내 드리고 차마 마음까지는 못 보내 드리고 있는데

우리 앞에

벌인가! 나비인가! 생전 처음 보는

주황과 검은색 벌 나비가 나타나 우리 형제자매

주위를 한 바퀴 돌더니

저 멀리 훌연히 날아가는 것이었습니다.

순간! 우리는 모두 "와~~~~~!" 하고 외쳤습니다.

첫사랑이 식기 전에

전송자 시집

초판 인쇄 2015년 12월 17일
초판 발행 2015년 12월 17일

지은이 전송자

펴낸이 송인태
펴낸곳 네오이마주
출판등록 2005년 9월 5일 제16-3713호
편집 네오이마주(Tel_02-546-0633~4)
표지 및 디자인 Tyler Song
주소 135-889 서울특별시 강남구 도산대로23길 7
전화 02-546-0633~4 **팩스** 02-546-0635 **E-mail** ssong2000@chol.com

이 도서의 국립중앙도서관 출판시도서목록(CIP)은 서지정보유통지원시스템 홈페이지(http://www.nl.go.kr)와
국가자료공동목록시스템(http://www.nl.go.kr/kolisnet)에서 이용하실 수 있습니다.
(CIP제어번호 : CIP2015033958)

ISBN 978-89-963353-5-1 03810